PRIMAVERA
EDITORIAL

RUTH GUIMARÃES
EM POESIA

ruth de carne e palavra

Pouca gente sabe, mas antes de se consagrar como romancista, contista e pesquisadora do folclore brasileiro, Ruth Guimarães foi, sobretudo, poeta. Aos dez anos, ainda menina em Cachoeira Paulista, publicou seus primeiros versos nos jornais locais *A Região* e *A Notícia*, sob o pseudônimo "Anonyma". O poema "Meus avós" (1930), escrito em homenagem aos avós maternos, já revelava a sensibilidade precoce de quem se tornaria uma das vozes mais originais da literatura brasileira.

Ao longo da vida, Ruth manteve uma relação ambígua com a poesia. Inspirada por autores como Olegário Mariano e, depois, por Guilherme de Almeida, chegou a experimentar sonetos, mas, diante do peso da comparação com seus mestres, declarou ter "aposentado" sua veia poética: "era uma vez a poetisa que se acabou". Ainda assim, como lembra seu filho Joaquim Maria Botelho, "em algum lugar da alma de Ruth Guimarães, a poesia ficou guardada, só para o deleite de sua alma". Essa poesia íntima nunca deixou de existir — guardada em folhas datilografadas, muitas vezes com duas ou três versões de um mesmo poema, sem que ela tivesse a intenção de publicá-los.

Enquanto se dedicava à prosa — romances, crônicas, contos, traduções e pesquisas folclóricas — Ruth se consolidava como a voz da cultura popular brasileira. Ela mesma reconhecia que "de poetas o Brasil estava bem servido", citando Manuel Bandeira, João Cabral de Melo Neto, Carlos Drummond de Andrade, entre outros. Preferiu voltar seu olhar para o universo da oralidade e do povo simples do Vale do Paraíba. Ainda assim, versos surgiam aqui e ali, muitos deles escritos em segredo, outros publicados postumamente por seus filhos na *Revista Ângulo* (2014).

Entre esses, estão as "Cantigas de ingênua ternura", poemas líricos e confessionais que Ruth presenteou ao maestro Luciano Rowlands, pedindo que fossem musicados. Textos como "Os dois corações que estão trocados" e "Andante tranquilo" revelam uma Ruth apaixonada, dedicada ao companheiro de toda a vida, José Botelho Netto. Essa dimensão lírica, que parecia oculta, voltou a se manifestar também na música, em composições que ainda hoje ecoam sua sensibilidade.

Eleita para a Academia Paulista de Letras aos 88 anos, Ruth foi celebrada como "porta-voz dos anseios do seu povo simples". Mas, além da romancista de *Água funda*, da cronista do Vale e da pesquisadora do imaginário popular, havia também a menina que ousou publicar versos de despedida para os avós e a mulher que escreveu poemas de amor e memória, guardando-os em silêncio por décadas.

Sua poesia, como descreve a pesquisadora vale-paraibana Juraci de Faria Condé, são "pedrinhas de luz" deixadas ao longo de sua caminhada. Fragmentos que iluminam não apenas a história da literatura brasileira,

mas também a intimidade de uma autora que, mesmo quando silenciava o verso, fazia da prosa um espaço de lirismo e musicalidade.

Aqui, o leitor encontra uma Ruth inédita e intensa. Diferente da prosadora que se consagrou pela oralidade e pelo registro da cultura popular, a poeta que emerge em *Folhas soltas* se expressa de forma mais romântica, mais íntima e confessional. Apesar de sua prosa já ser cercada de poesia, de ritmo e de musicalidade, é neste livro que podemos ver a Ruth humana, de carne e osso — mulher, mãe, apaixonada e viva. Não a fenomenal observadora que escuta e transforma a voz do povo em narrativa, mas aquela que fala em primeira pessoa, revelando sua intimidade em versos que agora se abrem como folhas soltas ao olhar do leitor.

As folhas soltas de Ruth

As poesias chegaram até nós em várias versões — cheias de trocas de palavras, rabiscos e recortes. Há, então, um pequeno poder quase tácito: o de escolher qual versão ficará. Em muitas páginas, Ruth deixou ordens claras; nessas, não me atrevo a contrariar.

Nas que não traziam orientações explícitas, a escolha da versão a publicar foi feita em conjunto pela editora e pelos filhos da autora, buscando preservar o tom, o ritmo e a intenção originais de cada poema.

Mariana Bastos
Editora

página
intima

foi bom que não viesses

Foi bom que não viesses
meus braços estendidos.
Se te voltasses, comovido,
talvez teus braços me enlaçassem
e nunca mais se desatassem,
e talvez não partisse.

Talvez ficássemos unidos,
loucos de amor,
de amor perdido,
se soubesses.

Mas foi bom que não viesses!

Se os teus lábios
nos meus lábios pousassem,
talvez tudo esquecêssemos.

Mas foi bom que não viesses.

página intima

Tem ressonâncias esquisitas
(se estamos sós)
a tua voz.

alguém feriu as cordas que ressoam

Alguém feriu as cordas que ressoam.
As notas, aves tontas, gemem, voam,
agonizando no final.

E lembram, soluçantes, o despojo
de uma saudade que ficou no bojo
do violão sentimental.

Têm, macia e boa, calma e vasta,
dentro da noite singular,
a poesia de um sonho que receia,
mas que aparece quando a noite casta,
mergulhada em silêncio, fulge e anseia
toda banhada de luar.

olhos negros

Teus olhos são negros, negros,
como as noites sem luar...
são ardentes, são profundos,
como o negrume do mar.

Sobre o barco dos amores,
da vida boiando à flor,
douram teus olhos a fronte
do gondoleiro do amor.

Tua voz é a cavatina
dos palácios de Sorrento,
quando a praia beija a vaga,
quando a vaga beija o vento.

E como em noites de Itália
ama um canto o pescador,
bebe a harmonia em teus cantos
o gondoleiro do amor.

Teu sorriso é uma aurora
que o horizonte enrubesceu,
rosa aberta com biquinho
das aves rubras do céu.

Nas tempestades da vida
das rajadas no furor,

foi-se a noite, tem auroras,
o gondoleiro do amor.

Teu seio é vaga dourada
ao tíbio clarão da lua,
que ao murmúrio das volúpias,
arqueja, palpita nua.

Como é doce, em pensamento,
do teu colo no langor
vogar, naufragar, perder-se,
o gondoleiro do amor!?...

Teu amor na treva é um astro
no silêncio uma canção,
é brisa – nas calmarias,
é abrigo – no tufão.

Por isso eu te amo, querida,
quer no prazer, quer na dor...
Rosa! Canto! Sombra! Estrela!
do gondoleiro do amor.

Há floradas de luz pelos espaços,
se chegas sorridente, sem saber,
que, no enlevo de estar entre os teus braços,
meu coração apressa o seu bater.

Esses teus braços, meu amor, são laços
humanos com que prendes o meu ser,
e os teus beijos marcando vão compassos
no ritmo encantado de viver.

Se é pecado amar, impenitente,
não me arrependo, pois teu beijo quente,
teu beijo de um esplêndido calor,

vai reflorindo no meu corpo moço,
que eu liberto num trêmulo alvoroço
à emoção nova do meu grande amor.

rua dos casais

A minha rua é a rua mais bonita que eu conheço –
torta. Com calçadas despencando
e árvores tontas, desgrenhadas.

A minha rua
tem jeito de moça bonita
Amarra laços de pétalas e borboletas
nos jardins misturados, provincianos,

E tem um sorriso enorme
de portas abertas para o sol.

Mas, pela noite, se a cidade dorme,
sacode os cabelos molhados de luar
e canta:

"É a voz dos violões em serenata,
a voz de prata dessa garganta."

A minha rua
é a rua dos casais.

A noite é uma cortina
que vela a minha rua.
E as árvores, na sombra mansa,
trazem hieróglifos de esperança
diante da lâmpada da lua.

A minha rua
é a rua dos casais
andam nela pierrôs sentimentais
atrás de alguma esquiva colombina.

A noite é uma cortina
que vela a minha rua
E que as árvores, na sombra mansa,
tragam arabescos de esperança
diante da lâmpada da lua.

Vou contar-te um segredo
é que a felicidade
mora do lado de cá da minha rua.

noite

Vem a janela,
de onde se vê a noite
e o céu de esplêndidos luzeiros.

Contemplaremos encantados
com quieto assombro
os astros que caminham
e todavia estão parados.

ombro a ombro
rosto a rosto encostado
permaneceremos tão longe um do outro
como aquelas estrelas
que daqui nos parecem tão juntinhas.
E quem nos vir da rua
(lá fora a noite não é bela,
mas cruel
e o vento usa chicotes)
há de pensar que somos bem felizes.

um dia

Se você for minha um dia
O meu trono eu lhe darei

Que por morte do meu pai
Amanhã posso ser Rei

Deus me fez casta e feliz
E por meu mal me fez bela

Mas se lhe olhar por mim
Morrerei pura e donzela

Disse o moço, sem amor,
Por violência ou por bem
Se Helena minha não for
Não será de mais ninguém

Rezarei por quem me mata
Sem amor nem compaixão
Quem com seu punhal de prata
Me feriu no coração

E, dizendo isso, morreu
Acabou-se o seu penar
Foge o moço apavorado
Pra bem longe do lugar

Passados sete anos
O assassino ali voltou
O seu corpo intacto
Cobriu de rosas brancas
Morena
E ali ele deixou.

noturno

Tenho os olhos molhados,
a estendê-los,
mas há entusiasmos neste gesto
e o meu coração, onde demoras,
é quente como um ninho.

Não sei se esse estendal de luz e sonho
pode tornar melhor tua jornada.
Mas pisa-o.
Foi para que caminhasses na beleza
que um céu eu quis tornar
o teu caminho.

trovas

I

Se eu te amo, tu me perguntas.
E, tontas, trêmulas, nuas,
Tu guardas minhas mãos juntas
No ninho quente das tuas.

Vendo-as unidas, me vejo
A te adorar de mão posta.
Fecha-te a boca meu beijo
E é toda a minha resposta.

II

Aos teus olhos pensativos
Rendo, de pranto aljofrados,
Os sacrifícios votivos
Dos olhos meus dominados.

"Olhos são espelhos d'alma"
Nos seus secretos refolhos.
Quem pensas que vejo agora,
Debruçada nos teus olhos?

III

A suave e emocional
Carícia de mãos que voejam
Toca-me. E como que adejam
Folhas soltas de um missal.

Eu rezo. Mas tu não pensas
Que vives na prece pura
Que a minha boca murmura
No enlevo das minhas crenças.

Fiz para tuas mãos
Um rosário de estrelas.

Em noite de plenilúnio
Reza.
Desfia entre os dedos
O ouro das contas.
Faze da concha da tua mão
Um estojo macio
E guarda um pouco
Da essência da vida.

quisera

Eu quisera escrever em tons suaves
e em meios tons, para que tu pudesses,
ao contemplar as telas,
imaginar as coisas indistintas
e, imaginando-as, crer que fossem belas.

Abolida a ansiedade das músicas,
em velado sussurro calmo e doce
que só tua alma ouvisse
no silêncio falar confidências.
Compreenderias o que eu nunca disse.

Quisera estar em ti, por um momento,
tão presente e sutil como se fosse
teu pensamento.

(Um só, um calmo, um longo pensamento...)

a longa penitência de ser

A longa penitência de ser
e de doer a vida inteira
estendi a teus pés.

No meu coração onde demoras
tudo se aqueceu em tepidez de ninho.

Não sei se este estendal
de luz e sonho
pode tornar melhor tua jornada.

Envolve-te nele, acaricia-o com as mãos,
a face, os lábios,
o pensamento e a alma,
ou calça-o a teus pés.

oferendas

Teci, para enfeitar a tua vida,
uma coroa de luzes.
Gastei tesouros de ternura
para completá-la.
É minha oferenda a ti,
meu rei.

Prendi cadeias de luzes aos teus pulsos
e apanhei para juncar
o teu caminho
todos os astros.

não é de mágoa

O' não! Vê como é belo
O céu no velho lago refletido!
Vê como é calmo o gesto distraído
Com que no espelho d'água se debruça
O lânguido chorão

(Não sou eu. É essa água que soluça,
De encontro ao seixo bruto)
Tenho os olhos molhados?
A emoção de viver este minuto,
Numa tarde como esta...
É a festa dessas cores...

É a quente claridade
Da tarde cor de sonho
Sim, é isto, suponho
Sim. É isto, talvez. É a luz que arde
Nos meus olhos feridos.

Conduzem-nos os passos vagarosos
Ao fim deste caminho
Irá sozinho,
Sem pena nem saudade.

Vai agora! Meus olhos pesarosos
Seguirão até a curva do caminho
Teu vulto pensativo
Vai sozinho
Sem pena, sem saudade.

Na paz azul do céu de outono
Uma suave claridade
Põe reticências no tempo.

A lua, boêmia andeja,
Em prata se recorta
Cambaleando de sono.

Sonhando vai, vestal dormente,
E no infinito, vaga, abisma
O disco branco.
E cisma
E cisma
Indefinidamente.

A natureza meio morta
Também dormita.

cantiga da ingênua ternura

Só,
como um triste peregrino,
eu vim de rastros, sem destino,
te encontrei na encruzilhada.
Desde esse dia, por onde ando,
segues comigo esta jornada.

Com lábios ternos suavizando
a caminhada.

Em nossas ânsias e tristezas
nossas carícias são defesa.
E nós juntos nos refolhos
desse viver sereno e lasso
não vemos cardos nem abrolhos:

Tenho o teu braço no meu braço,
tenho os teus olhos nos meus olhos.

Nós vamos. No trilho estreito,
teu coração bate em meu peito
e o meu no teu bate. Coitados!
Que restará, se algum se cansa
(e sei que um vai parar primeiro)?
Temos assim, despreocupados,

Apenas cheios de esperança
dois corações que estão trocados.

este poema é simplesmente

Este nem-poema
é apenas medo
de quebrar o quê? tão frágil?
de cadeia?
De quê ainda-não-amor?

A este quase-poema
não ouso dar forma nem palavras.

Nem pensamento.

Temo pensar e machucar o instante,
a esperança
a beleza
o flutuar-fluir,
o êxtase e o encanto
de que o amor é feito.

Este nem-poema
é apenas o anseio
de aprisionar o imponderável,
esse fugidio amor-quase-não-mais-amor.

abismo para trazer-me à luz

ilusão

Não oponhas ao meu grito
O desdém dos astros impassíveis,
Nem a linguagem das constelações
Não entendo o que escreveste com as estrelas
De braços abertos, na cruz dos quatro caminhos,
Eu também sou uma cruz,
Traçada no chão duro com carvão
(Como se fosse a Tua sombra,
A sombra do Teu Cruzeiro,
Estendida no chão...)
Esse gesto de abrir os braços
Para uma ilusão,
Para o infinito, para o amor,
gesto de cruz que é Teu e meu –
Nos aproxima,
Oh! Meu Senhor!

abismo

Em silêncio,
A multidão dos mortos ronda em torno do mundo.

Aumenta em cada geração
A herança
Do ódio.

No ritmo dos pés defuntos
Que vão sem rumor
Vejo o esfacelamento fantástico
De todos os destinos.

Milhões de milhões de mortos caminhando...
Para onde?
Para onde?
Para onde?

No fundo,
Há tanto espanto,
Insuspeitadas forças;
Reservas enormíssimas de pranto;
Explosões mal contidas;
Sonhos tontos;
E a Legião meio extinta dos defuntos;

Que, em momentos de compreensão,
Evito olhar o abismo.

Não sei como me afiz ao precário equilíbrio
Da minha posição entre dois mundos –
Esse que todos veem e o interior que me engana
Com traiçoeira quietação.
E tem a falsa paz das crateras dormidas.

Vem desse mundo encoberto a calma intensa
De um instante em suspenso,
Entre a incerteza de sempre
E a batalha de um dia.

É como um longo aviso sussurrado
De perigo latente.

Atmosfera carregada – nos dias claros
De sol quente –
E o céu azul, como se nada houvesse.
Como viver como se nada houvesse?

que não sopre o vento

Cinza de prata e de silêncio
de névoa e inércia
de passado e de nunca-mais.

Mistério da semente que virá
para glória do sol;
do fruto que aguarda o pássaro;
do botão que espera a manhã e o orvalho.
Mistério do que foi
e do que não-há-de-ser.
Perdida terra sem manhã nem pássaros.
Brasas dormidas
cinzas mortas.

De onde virá o vento do grande apelo,
soprando cinzas para muito longe?
Que nome lhe dar?
Será o Amado, a Amada,
cuja voz percorre o ar
com ressonâncias novas
e não tem resposta?
(Dormem as brasas sob as cinzas frias)

Vibram debalde os clarins na alvorada,
a música das cachoeiras e dos gorjeios,
a voz das crianças clamando que as afaguem.
(Dormem as brasas)

O vento é leve
é brando,
é frio.

Não sopra ainda o vendaval da ira,
não vieram as rajadas do grande apelo.
(As cinzas mortas)

Mas se alguém perguntar a esse que dorme
se quer ser despertado,
ele dirá sonolento,
aconchegado,
feto:
"Que não sopre o vento!"
A verdade
será decerto
quando cada um deixar de ser o seu mundo
perdido em si mesmo,
perdida terra sem manhã nem pássaro,
brasas dormidas, cinzas mortas.

sentir-me

Sentir-me
Descer ao fundo abismo
para trazer-me à luz cada dia.
Seguir na esteira do sol,
que todos os dias morre
e todos os dias renasce.

Somos vividos e acabados
Sonhos passados e vividos.
Meus gestos lentos e cansados
Sugerem coisas sem sentido:
Se tu voltasses...
Se não tivesses partido...

Temo sentir
E quebrar esta beleza
Com o impacto
De cada sentimento.
Quisera aprisionar-me
Para sempre
No meu próprio silêncio.

Algum sino
d'uma noite densa.
Quem passou de manso pela noite densa?
Quem?
Na rua quieta, úmida de chuva,
o vento passando pelo campanário
tropeçou no sino.
Ou foram fantasmas
murmurejantes que o fizeram dendelendar?
Quem tem coragem de subir à torre
numa noite dessas?
Na sombra
há penitentes murmurando – "amém".
Quem reza em voz baixa?
Rezadeira chuva, oh, sussurrante!!
Quem te obriga a essa monótona cantiga?

Quem?

desafio

Do teu império, transporei os muros
pelos portões se os abrires,
ou de rastros pelas fendas,
como os répteis, os ratos, a enxurrada,
furtiva como animal noturno,
rebelde como as feras,
negra de lama,
de desespero
de pecado.

Dor-Morte-Vida-Sonho,
Incógnita de muitos nomes –
mostra-te Justo, oh! Magnânimo,
para que eu seja maior,
– vencedora ou vencida –
ao tentar conquistar-te.

Demônio de rosto velado,
velo contigo.

E irei contigo e contra ti
pela existência inteira
e, quem sabe? Além dela.

Por tua própria lei
nada no mundo impedirá que eu cruze
tua larga fronteira.

rezo com
o silêncio –
que povoo de
aceitação e
de sonhos

xiii

Não me deste paciência para ficar de mãos postas.
Minha oração tem movimentos ágeis:
Rezo com os dedos – trabalhando,
Rezo com o silêncio – que povoo de aceitação e
de sonhos,
Rezo – vivendo e sofrendo,
Rezo – nunca dizendo: “seja feita a Tua vontade”,
Mas fazendo o que penso ser Tua vontade.
Nas profundezas de minha alma, que nem eu própria
Alcanço, há qualquer coisa de misteriosa e profunda
Unificada em Ti.

6ª canção da terra para o nazareno

Não atire pérolas aos porcos porque eles se voltarão contra você e te estraçalharão.

Psiu...

Quieta.

É preciso calar.

Muda.

(As palavras atrapalham os homens)

Mel,
Atiçam as abelhas,
Que em grande número
Envenenam-te,
Matam-te.

Psiu...

Cala. Invencionar palavras mudas?

Cala antes que os cães
Estraçalhem teus últimos sonhos.

São apenas dentes
E fome.

Quieta, que esse aviso pode te salvar.

Não há lugar para os bons...

É preciso
Erguer palavras
Como poços onde as águas pairam,
Lançar o balde,
Colher o líquido,
Palavras líquidas,
Empoçadas,
Sem tormentos...

É preciso erguer coisas inteiras
(Um poço cabe nos olhos,
Já um mar,
Vaza fronteiras),

A sanidade comete da loucura
De fechar as coisas dentro de palavras,
E não sou eu que duvidarei
Dos gestos dos homens
Nem das cirandas das meninas,
Não sou eu que direi:
Não há bons,

Não há bondade,
Apesar de cantar que o lugar dos bons não há.

E canto coisas presas
Nas palavras,
Nazareno,
Porque ainda não sei,
Nem de longe,
O que foi que sussurrastes
Aos ouvidos da Terra
E que ela não ouviu
– não ouço
Junto aos que não me ouvem –

Então canto,
Canto a verdade minha...

Não há olhar que anime
Nem canção.

Quieta. Guarda as palavras.

Fantasia-te de homem,
Poderás dançar um pouco,
Amanhecer,
Beber com as estrelas.

... fantasia-te de homem,
Anda,
Quanto mais hesitas,
Mais corres o risco de tornar-te mulher, mãe,
mar...

Fantasia-te de homem,
Traga o cigarro devagar,
Deseja nos lugares apropriados
sob os lençóis
Ou na cidade submersa de ti,
Abaixo do olhar,
Dentro do corpo –

Ama de modo a sentir-te,
E o outro,
O outro que se queime sozinho...

Formas vorazes
Bebem do meu sangue
Comem da minha carne

a comunidade pisa as ousadias,
Finca estacas no coração das fêmeas
Exorcizando o desejo
O vivo
O Amor.

Nunca o amor foi tão vampiro
E o avesso das coisas
Reinou tanto nas casas;
A comunidade abraça os mortos
Enterra os vivos –

E eu
Teimo em me salvar.
Grito.
Conto.
Faço poema.

Mas que erro!

Calada é que poderei ter paz.
Calada, viver.

Num armário caberia a minha pessoa?
A vida inteira?
Até que as traças resolvessem
festejar a imundície do escondido?

Não,
não há lugar para os que sonham,
enlouquecem, desejam...

Amado Nazareno
ajuda-me a dormir o teu encalço,
ajuda-me a sentir
a engenharia do teu sacrifício.
Talvez eu pudesse seguir viagem
e não trair as travessias.

A liberdade não está para fora de mim
como voar não está para fora das aves,
e quando elas voam,
roçam belezas,
cumprem caminhos,
destinos das suas células
ou de seus átomos.
Mas as aves vivem lugares,
vivem cercas com seus voos,
às vezes, asas feridas,
quebram impulsos...

Amado Nazareno,
resgata esta palavra
(ajuda-me nesta travessia
onde ando passadas vagarosas
reconhecendo o Amor,
teu amor,
até hoje incompreendido...
no meio do pomar
o boneco vivo,
o espantalho
das cicatrizes e dos sangues
salvando o perfume das laranjeiras)

Amado,
desnuda esse verde metálico
de certos besouros
sobre os ombros dos homens...

Uma coisa grande,
troncha,
ao mesmo tempo,
vazia,
com asas para um voo
apenas até o teto da casa
ou à copa das árvores.
Há nos besouros uma fragilidade imensa
vivendo nos ameados da sua forma rude,
oca,
com as quimeras guardadas sob sua casca
protetora.

Nazareno querido,
resgata esta nudez
em toda célula,
e sobretudo, naquelas que por ora
devoram as seivas

São os vampiros,
como luzes grávidas de tristezas e desamor -

Solidão,
deserto,
oferecem alegrias
pedindo o tributo vermelho

O sangue
nosso sangue
por algumas vaidades satisfeitas.

A tentação não é
o desafio das mulheres velhas
sonhando corpos moços,
nem dos homens velhos
sonhando reencontro da sua pele
em outras

o que são as idades? -

A tentação não é
a revolução das gentes
fabricando casas e roseiras,
plantando comer e destinos

fundando letras e poesia
para todos os filhos da Terra.

A tentação não é
o desafio de equilibrar-se nos abismos
como um malabarista amador,
a tentação não é,
não poderia ser,
o difícil trabalho de recriar bonecas quebradas,
animar as louças
de símbolos
e futuros.

Querida vida,
a tentação, ou o demônio,
são as uvas verdes
para aquelas raposas que não as puderam alcançar...

Lenda!
Não aquelas lendas que nos embalam
quando crianças,
nos acalentam,
tecem o trabalho da fantasia

futura terra da criação

Lendas de pecados e medos
nas horas que dormimos
quando acordados

A lâmina dos olhares rompem
a simetria do escuro.

As uvas estão maduras.
Cheirosas, gostosas,
matam desejos...

Busquemos o alimento,
não duvidamos do milagre da vida.

Mas sinto; agora,
que apenas calada
conseguirei atravessar este trecho
triste,
áspero,
dos meus trinta anos,
mesmo que por entre os sonhos,
enquanto durmo,
intua que a avidez das aparências
nunca venceu os volumes,
como os espelhos ávidos
nunca venceram os olhos dos que miram.
De dentro desse ovo melancólico,
nasce a certeza do novo,
ainda feto,
ainda peixe no ventre
antes do parto.
sei,
sei que não cortarei os meus cabelos,
não vestirei o traje pedido.

Nua,
mulher,
em travessia feminina para a libertação,
apesar de toda dor.

Não cortarei os meus cabelos.
Ao contrário,
farei uma trança,
enfeitarei com flores,
e dançarei para o próximo amor
com toda a intensidade de que sou capaz.

Vestirei a saia mais bela,
aquela colorida,
até os tornozelos,
antiga, cigana,
arco-íris,
e nos olhos terei o brilho da lua
para encantar
aquele que me espreita
me intui.

Amor salva.
Amor dos corpos é milagre
mesmo quando aquele que penetra
nem de longe saiba
do ato sagrado que faz.
Sim,
o riso livre
o beijo singelo
que em tudo pulsa por existir.

O amor,
o teu amor,
o meu amor,
o amor da humanidade
orações vivas

para a esperança
para a concepção do nosso reino
aqui na Terra.

São as células,
os corpos, suores,
salivas,
gestos maduros como frutos que enfeitiçam
para o ato de amor último,
a libertação,
para o beijo último,
bocas encontradas,
lábios apertando lábios,
corpo apertando corpo,
experimentando a maciez do espírito
e da alegria.

Nazareno,
a tua luz em nós, arquiteta o futuro,
livres,
iguais,
irmãos,
para sempre
em estado de amor com o vivo.
Olho as minhas mãos
(silenciosas)
como se não fossem minhas.
Olha também, Senhor!
Estão voltadas para cima
num gesto universal
de fatalismo:

Sofrimento
Reprovação
Pergunta
Prece
Aniquilamento

Uma total entrega à correnteza do destino.
Este gesto é bem meu,
este, meu Senhor, meu pai, meu Deus,
é meu grande gesto final de aceitação.

Tenho pena destas pobres mãos ansiosas,
dolorosas e nuas
que são, Senhor,
muito mais Tuas do que minhas.
Mergulhos de mãos inquietas na água clara,
gesto de mãos purificadas.
Oremus!
Senhor meu,
não sei quem és,
nem onde estás,
mas seja o Teu nome,
que também não sei,
louvado para sempre
por Tua água, por Teu sol, por Teu mar,
louvado pela beleza, pela sombra.

itinerário

Pelos corredores do tempo
eu fui,
como se soubesse o caminho.

Como se distinguisse o caminho.
Como se houvesse um caminho.

E, sem saber de mim,
Continuamente
retorno ao ponto de partida.

Faze-te humilde
se a desgraça vier.
Faze-te humilde
quando a desgraça vier.

Ninguém passa
de cabeça erguida
pela porta baixa.

esse corpo
que é meu e
eu não domino

etnia

Tenho dentro da alma
Um longo romance branco e preto
De aventuras,
E dois lamentos selvagens.

pávido silêncio

Esses espantos, esses sonhos
Esses abismos
vieram de atávicos assombros.
Quando furtivamente caminhando
num pávido silêncio
o homem levou nos ombros
o medo enorme
do indomado, do invisível,
de outras sombras,
rodeando escombros,
onde a morte tocaia e vence.
(E um pávido silêncio...)

Este corpo que é meu e eu não domino
Ainda tem qualquer coisa de floresta
rugindo no sangue.
E qualquer coisa de raiva incendiada
do guerreiro que tomba.

E estes nevos que agora e sempre me atraiçoam
guardam, gravada a fogo,
a impressão do animal perseguido,
que se esconde e que espreita
e que nunca descansa.

Se não é música o que digo,
bate o ritmo dos maracás e dos tantãs,
essa herança imprevista
de algum avô dançador.

Minha mão tem gestos de garra.
Tem bruscos movimentos de segurar machados
de pedra
para a guerra sem tréguas
com os guerreiros de agora,
como eu redivivos.

Minha boca tem bruscos arreganhos,
ainda sustendo lembrança do enfeite
que rompeu a beiçola
de algum cabinda
ou de um negro de Angola.

O que em mim aceita a vida
e clama
pela luz,
é uma lembrança pagã da adoração do sol.
Agora falo de liberdade
e fraternidade,
uma voz que se esconde sob a minha
tem qualquer coisa de rugido
de fera malferida
percorrendo a floresta
e atroando os ares de clamores.
Essa voz vem de outra vida de pavores.
Eu não sou eu.

Afinal o que é meu,
de tudo isso que tenho?
Ideias?
Pensam através de mim
milhares de gerações
com esses mesmos pensamentos.
Cada pensamento – admirado de si mesmo.
Cada geração – estatelada de espanto.
Sentidos?
Estranhos que
vibram de emoção,
como corcéis em disparadas.
Alma?
Essa participou do pavor de onde venho.
Trouxe impulsos,
arrojos, emoções, superstições e dores.

Se é minha,
não a quero.
Tenho medo dos seus pávidos silêncios.

no fundo do mar

Quem forjou tuas cadeias,
elo a elo as fechou com sete chaves
e as sete chaves atirou no mar.

Que vozes são essas?
E esses clamores?

Liberdade
quem falou em liberdade?

Era uma vez sete chaves
no fundo do mar.

no meu íntimo

Há tanto espanto,
Inesperada força;
Reservas enormíssimas de pranto;
Explosões mal contidas;
Sonhos tontos;
E a legião mal extinta dos defuntos;
Em certos momentos
O abismo se revela
Assim aberto,
Tem fauces ásperas de fera.
Detenho os passos, à espera,
Nesses lúcidos momentos...

Há tantos mundos dentro de mim,
Que temo naufragar
Nos pensamentos.

todas as
vidas como
grandes rios

pressa

Por que vais tão depressa
se quase tudo o que te cerca é belo
e se trazes nos olhos a distância,
nos ossos o cansaço?

Por que vais tão depressa,
se de tão longe vens
que perdeste a memória do princípio
e vais para tão longe
que nem suspeitas
quando e como ocorrerá o teu fim?

Este minuto
pelo menos tens certeza
de que existe.

marinha

Algum dia eu serei no mar,
como não sei, quando não sei.

Barco de aventura
sob o céu altíssimo,
tocando em portos de língua estranha
e de estranha gente.

Hoje está aqui,
onde amanhã?

Espera-o a glória? O naufrágio?
A luz do sol, a tempestade,
o fundo do mar sem fundo,
o fim.

Barco dos desejos,
de cálidos desejos e
de amáveis chegadas!

Barco da serenidade,
barco de ver o dia de prata e de silêncio.

À proa o vento vem,
vento que vem,
vento que vem.

não deixa

Talvez entre sargaços,
talvez entre luas e plumas
vá o barco do Esquecimento.
Mar de sal e silêncio.
Se me chamarem, não ouvirei:
a água amarga não deixa.

Se me acenarem, não verei:
a escureza das nuvens não deixa.

Se me tocarem, não sentirei:
O frio da onda não deixa.

Se me quiserem, não serei,
não estarei.
E se me perguntarem,
não responderei:
o vento da noite
me arrebata as palavras,
não deixa.

clara e constante

Lição da água corrente
Que reflete
Apenas
As margens por onde passa
No momento em que passa.

a noite debruçou-se sobre nós

A noite debruçou-se sobre nós
límpida e calma,
núbia,
coroada de estrelas.

Ei-nos aqui, olhando estrelas
e a ouvi-las, talvez,
em seu cósmico rumor imperceptível.

A força que guia os astros
há de levar-nos ao nada final
com ou sem
as inúteis interrogações.

Que importa sejam os deuses – mitos,
os espaços vazios
e todo sonho termine pela cruz?

Dê-me a mão e sigamos.
Lá em cima há o roteiro claro das estrelas
e aqui a vida é como um grande rio.

A correnteza nos conduz.

Da janela entreaberta
de onde a graça da primavera
desertou contigo,
olho lá para fora.
Passa gente na rua tão depressa!
E quanta coisa tão depressa pela vida
passa!
(Tão depressa pela vida afora!)

Somente o tempo
que corria tanto,
para seguir o seu caminho agora
demora tanto!
(Tanta demora!)

Um dia, há de assomar este meu pranto.
Se, nesse dia,
se passares por mim, ofuscada
miragem do meu sonho! Sem me ver,
não deixes meu coração saber
que o breve ressonar terminou.

Pisa de leve!
Pois que passas por mim sem me querer.

caminhos

Se, um dia, numa estrada como aquela,
a paisagem for clara e a tarde bela,
e houver a mesma graça na paisagem,
detém o passo e sonha que vivestes
um minuto de sonho.

Vai. Se acaso encontrares na viagem,
boa de tão leve, a lembrança de nós dois,
para a contemplação à tarde sossegada;
para, porque ao final desta jornada
não perderás nada por chegar depois.

e caminhos...

Não te peço que lembres. Tudo passa
e tudo cansa, meu querido amigo.
Mas um dia qualquer,
caindo o pesar como a fatalidade,
eu estarei contigo.

Eu vim para ficar; que importa o tempo?
e a sombra nos teus olhos, meu amigo?
e o lábio que de amargor se reserva?
Não falo da saudade que te assombra.
Falo do amor. Estarei contigo.

Se é o que fui, ou serei, sou o que era.
Nem tempo, nem distância, nem castigo.
Mal foi, nem amor-próprio, nem tristeza,
mas desejo: a eterna primavera.
Falo de nós. Eu estarei contigo.

geometrias

Mais de sete mil caminhos
Setecentos milhares de caminhos
Que se cruzam apenas

Vejo-os. São cruzes
Sinto-os. São cruzes

E contra a Grande Lei
Contra a evidência
Sonho impossíveis paralelas.

nem céu nem mar

A paisagem se reduz a uma parede nua
e a um adeus de palmas
com um desenho num cartaz.

Os prédios que quiseram ser ousados
são apenas tristes,
com plantinhas nos parapeitos,
tentando espontaneidade
e a inevitável humanidade
da roupa secando
pendurada nas janelas.

O pesado rumor
não é feito de gritos de criança,
nem de cantos, nem de alegria, nem de paz.

E risos? ... Ah! Eu disse risos?!
Se alguém rir,
tudo reprova e estaca e silencia,
O riso,
a risada...
E todos apressarão o passo
e cerrarão os ouvidos
para não verem nem ouvirem
a solicitação da Vida.

andante tranquilo

Ao teu encontro eu vou, suavemente
no imperativo
desses impulsos irrecusáveis,
mas sem perpétuas e mais totais
que o desamparo com que se morre.

Ao teu encontro eu vou, abandonada,
desse abandono com que as folhas caem
e com que as águas correm.

Desse abandono com que a luz se extingue
quando a noite desce.

Desse abandono de que se sucumbe
quando chega a morte.

Eu amo este chão que resiste ao meu passo,
este pó de que sou, e essa luz de que vim.
Amo a terra em que estou, em que sou forasteira,
e onde tudo, afinal,
é tão violento para mim.

Amo o sol e os calores, os doces mormaços,
as angústias mortais da minha alma imortal,
onde a vida penetra e vibra,
como a ponta ardente de um punhal.

O que há de melhor, de mais belo e mais quente,
que o fascínio total do seu vivo reclamo?
Que o seu ácido gosto de sol e de sangue?

Vida de mil contrastes
e de mil caminhos:

Junto ao mendigo
vão os poetas e os ricos. E os felizes.
E os reis.
Há os que passam cantando, e os que seguem
sozinhos.

Vida de mil caminhos!
De cem mil caminhos!
De um milhão de milhões de caminhos em cruz!

Que ânsia de ajoelhar-me e beijar o teu chão,
e rojar-me no pó e subir até a luz!

E, desfeita e transfeita, fundir-me por fim
neste pó de que sou, nessa luz de que vim.

todas as vidas

como grandes rios
– rolando para o mar.

Morte – mar.

FOMENTO PRODUÇÃO REALIZAÇÃO

PROAC SP

PRIMAVERA EDITORIAL

CULT SP

SP SÃO PAULO GOVERNO DO ESTADO
Secretaria da Cultura, Economia e Indústria Criativas

SNC

ALDIR BLANC

MINISTÉRIO DA CULTURA

GOVERNO FEDERAL BRASIL UNIÃO E RECONSTRUÇÃO

Equipe editorial: Lu Magalhães, Larissa Caldin, Mariana Bastos e Sofia Camargo

Organização: Júnia Botelho e Mariana Bastos

Revisão: Meira Santana

Capa: Karina Bastos

Projeto Gráfico e Diagramação: Sofia Camargo

Este projeto foi realizado com apoio do PNAB – Programa Nacional Aldir Blanc de Fomento à Cultura e do ProAC Edital nº 28/2024.

Dados Internacionais de Catalogação na Publicação (CIP)
Angelica Ilacqua CRB-8/7057

Guimarães, Ruth, 1920-2014
Folhas soltas / Ruth Guimarães. — São Paulo : Primavera Editorial, 2025.
80 p.

ISBN 978-85-5578-217-6

1. Poesia brasileira I. Título

25-4763 CDD B869.1

Índices para catálogo sistemático:
1. Poesia brasileira

PRIMAVERA
EDITORIAL

Av. Queiroz Filho, 1560 — Torre Gaivota Sl. 109
05319-000 — São Paulo — SP
+55 (11) 99197-3552
www.prideprimavera.com.br
contato@primaveraeditorial.com

PRIMAVERA
EDITORIAL

edição	1ª edição
impressão	plena print
papel de miolo	pólen 90g
papel de capa	cartão 250g
tipografia	american typewriter ; dreamy notes script